BDSM Vrienden

Complete Reeks

Erika Sanders

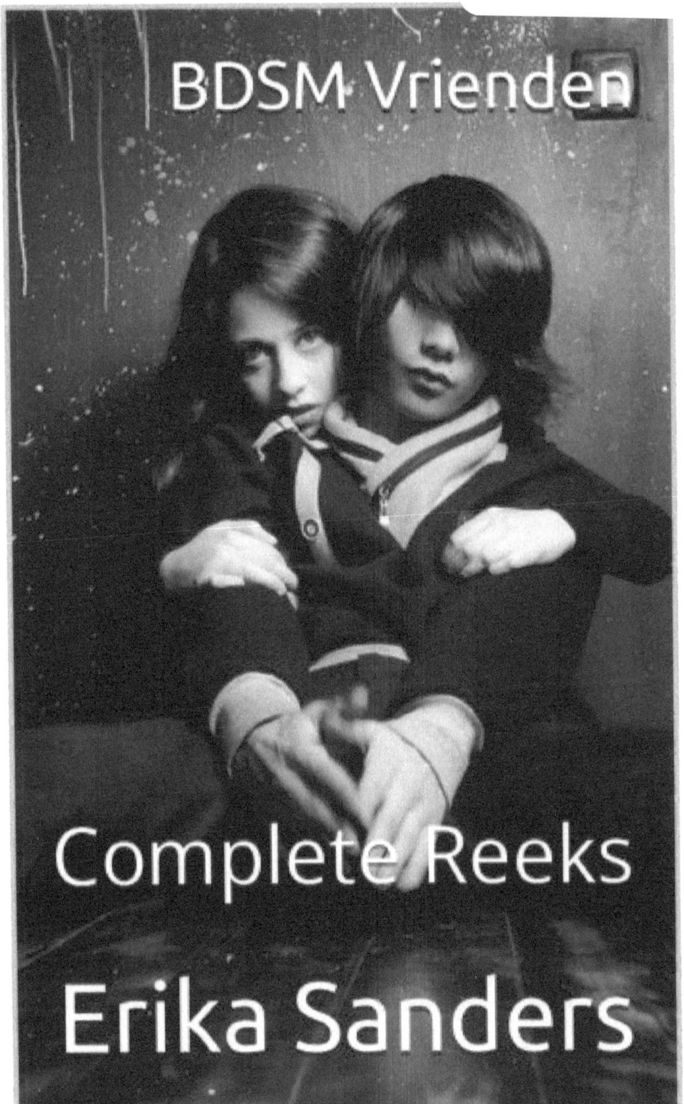

BDSM Vrienden
Complete Reeks

Erika Sanders

Erotische Overheersing en Onderwerping

Samenvatting

5

Erika stelt voor om nog een stap verder te gaan in haar relatie met haar beste sexy dominante mannelijke vriend...

BDSM Vrienden is een roman met een sterk erotisch BDSM-gehalte en op zijn beurt een nieuwe roman die behoort tot de collectie **Erotische Overheersing en Onderwerping**, een reeks romans met een hoog romantisch en erotisch BDSM-gehalte.

(Alle personages zijn 18 jaar of ouder)

Noot voor de auteur:

Erika Sanders is een internationaal bekende schrijfster, vertaald in meer dan twintig talen, die haar meest erotische geschriften, verre van haar gebruikelijke proza, ondertekent met haar meisjesnaam.

Inhoudsopgave:

BDSM VRIENDEN
COMPLETE REEKS
ERIKA SANDERS

DEEL 1

13

Het was een dag geweest als alle andere dagen.

Behalve dat het dat niet was. Vandaag was speciaal. Vandaag was de dag dat mijn beste vriend Richard op de campus van New York City zou zijn om een van de eindexamens van zijn rechtenstudie af te leggen. Net als elke andere keer dat hij naar mijn kant van de Hudson River kwam, zou hij me uiteindelijk sms'en om met hem te gaan eten. Geef het een half uur om de test af te maken en zijn uitnodiging verschijnt op mijn telefoon.

Ik liet mijn vingers over mijn dijen glijden en liet ze zo hoog komen als de rand van mijn gesnoeide struik voordat ik weer naar beneden ging. Gewoon een beetje plagen om mezelf op te warmen. Ik had het niet nodig, niet na al het geklets en geplaag dat ik mezelf de afgelopen week had aangedaan. Mijn poesje lekte bijna constant en mijn tepels waren in tijden niet zacht geweest. Toch moest ik mezelf zo heet mogelijk maken voordat ik vanavond vertrok. Mijn plan was om zo geil te zijn dat lust mijn angst voor afwijzing overstemde toen ik eindelijk probeerde uit de vriendenzone te ontsnappen.

Normaal ben ik niet zo'n watje. Ik ben eigenlijk heel zelfverzekerd en brutaal flirterig met iedereen in de wereld. Maar misschien is dat gewoon de vrijheid van onverschilligheid. Het kan me niet zoveel schelen wat een snelle affaire van me denkt, zolang ze me maar vrij krijgen. Richard... nou, hij is anders. Ik wilde veel meer dan alleen een snelle neukbeurt met hem. Ik wilde dat hij voor mij voelde wat ik voor hem voelde. En hoewel hij me nooit iets anders heeft getoond dan positiviteit en respect, heeft hij ook nooit geprobeerd verder te gaan dan alleen maar vrienden te zijn. En hij is het soort man dat handelt naar wat hij wil.

'Misschien heeft hij daarom nooit iets tegen mij gedaan,' dacht ik bij mezelf, terwijl ik over mijn ondeugend gespreide lichaam keek.

'Ik ben meer een jongen dan een meisje. Ik ben rommelig en krab mezelf in het openbaar. Ik kleed me voor comfort en haat het dragen van make-up. Ik breng al mijn vrije tijd door in de sportschool, speel videogames of ga naar porno. Dat zijn de bepalende kenmerken van mannelijkheid, toch? Oh ja, en ik ben gefriendzoned door mijn beste vriend. Het is niet de bedoeling dat meisjes door hun mannelijke vrienden naar de vriendenzone worden gestuurd, toch? Ik ben er vrij zeker van dat het andersom hoort te zijn.'

Ik heb niet het meest typisch vrouwelijke zandloperlichaam. Op 5'11 "was ik iets langer dan de meeste jongens met wie ik tevergeefs was uitgegaan. Een levenslange liefde voor basketbal en me fit voelen, hadden mijn spieren iets beter gedefinieerd gemaakt dan de meeste vrouwen zichzelf toestaan. Perfecte vorm voor je teamgenoten verleiden ... maar ver verwijderd van de delicate schoonheden die Richard in de loop der jaren had gedateerd.

Als het slecht ging, was het niet bepaald alsof ik een goede sociale kring had om op terug te vallen...

'Stop dat! Stop met zo'n domper te zijn.' Dit was de reden waarom ik eindelijk met dit plan kwam, om dat negatieve deel van mezelf uit te schakelen. Ik bracht mijn handen naar mijn borsten. Ik voel me onvrouwelijk, mijn tieten zijn verdomd geweldig. Hun C-cup bulk vulde mijn handen volledig met een aangenaam vrouwelijk gewicht. Natuurlijk stond hun formaat soms mijn actieve levensstijl in de weg, maar het plezier dat ze me gaven, maakte dat meer dan goed. Door mijn handpalmen lichtjes over mijn tepels te laten gaan, begon ik te rillen en zwaarder te ademen. Ik probeerde mijn liefkozingen zacht en plagerig te houden, maar het duurde niet lang of ik merkte dat ik mijn borst naar voren duwde en mijn tepels kneep zo hard als ik kon staan. Bijna tijd voor het hoofdevenement.

Mijn externe harde schijf had waarschijnlijk op de lijst met redenen moeten komen waarom ik eigenlijk een man ben. Niet veel vrouwen die ik heb ontmoet, hebben 226 optredens aan porno gedownload. Maar nogmaals, dat was niet mijn schuld. Die was het enige wat Richard deed, en het liet precies zien waarom onze vriendschap nooit typisch platonisch was geweest. Zelfs zeven jaar later deed de herinnering aan zijn ontmoeting en onze vroege band me nog steeds aan het lachen. Het was zo typisch Richard... zelfverzekerd zonder vol van zichzelf te zijn, vastberaden zonder schurend te zijn, zijn magnetisme had me zo gemakkelijk aangetrokken.

Ik was niet zo goed in vrienden maken op de middelbare school. Het was moeilijk om een groep te vinden die me accepteerde. De kliek van de gamer leek niet te weten hoe ze moest omgaan met iemand met borsten die League of Legends met ze wilde spelen. De mannelijke jocks zouden nooit op volle snelheid met of tegen mij spelen, ook al was ik even groot of groter dan de meesten. En natuurlijk had ik liever een ader geopend dan dat ik deed wat nodig was om bij de basale bitches van de reguliere vrouwelijke cultuur op de middelbare school te passen.

Niet dat ik een vrouwelijke einzelgänger was. Ik had vrienden, maar ze voelden zich meer als nichespelers dan als persoonlijke connecties. Heather en ik krabbelden bijvoorbeeld elkaars videogame-jeuk, maar we waren allebei te introvert en onhandig om heel dichtbij te komen. Ik zat in het meisjesbasketbalteam , maar had moeite om 1-op-1 een band te krijgen met een van mijn vrouwelijke teamgenoten zonder de schijn van oefenen. Om een lang verhaal kort te maken, ik heb me nooit echt geaccepteerd gevoeld omdat ik meer was dan slechts een deel van mezelf. Ik raakte erg gewend aan mijn eigen bedrijf en ik ontwikkelde een stekelige cynische persoonlijkheid die veel mensen wegduwde.

Totdat ik op een dag in het laatste jaar willekeurig Richard kreeg toegewezen als partner voor een sociaal wetenschappelijk project over hoe recente technologische veranderingen van invloed zijn geweest op lang bestaande tradities, organisaties of industrieën.

Ik haatte groepsprojecten. Iedereen heeft een hekel aan groepsprojecten. De enige mensen die van ze houden, zijn zielloze extraverte mensen die voorbestemd zijn om ergens op een HR-afdeling te gaan werken. Het enige dat erger is dan een groepsproject is natuurlijk een project met een populair iemand. Vooral als het een populaire en hete jongen is. Alle populaire mensen met wie ik ooit omging waren irritant zelfvoldaan en neerbuigend. Voeg daarbij de jaloerse blikken van alle andere meisjes en ik was serieus geïrriteerd.

We kregen de laatste paar minuten les om met onze partners te overleggen.

Richard was serieus populair. Hij had de reputatie in bijna elke groep thuis te zijn. En hij was ook serieus heet. Hij kleedde zich net iets beter dan de middelbare school vereiste en was een paar centimeter langer dan ik. Ik zag hoe hij door de kamer liep naar mijn bureau, en het viel me op hoe zijn korte, donkere haar zijn gezicht leek te omlijnen om zijn kaaklijn duidelijk te accentueren. Zijn glimlach leek heel oprecht en warm, alsof hij je uitnodigde om mee te doen aan een grap die alleen jij en hij kenden.

"Waar kijk je zo blij om?" vroeg ik toen hij bij mijn stoel aankwam. Zoals ik al zei, stekelige persoonlijkheid.

"Ik heb gewacht op een kans als deze! Dit project is perfect." Ik kromp ineen, denkend dat het een heel rare ophaallijn was. Gewoon een andere man die in mijn broek probeert te komen.

"Sorry, maar je zult beter je best moeten doen."

" Oh kom op, vertel me niet dat je niet uitgekeken hebt naar het perfecte excuus om een schoolproject over porno te doen." Ik deed een dubbele take. '... Oké, dat is een nieuwe.'

"Ehm... wat?" Zijn glimlach werd een beetje ondeugend, maar hij vervolgde op een volkomen serieuze toon.

"Porno was tientallen jaren lang formeel. Het volgde een vaststaand script van weinig tot geen voorspel, pijpbeurt en hardcore penetratie in tal van onwaarschijnlijke en ongemakkelijke posities om uiteindelijk geld te verdienen. Tegenwoordig wordt dat soort dingen heel weinig bekeken. Er is veel vraag naar hoger nu voor meer realistische weergaven van seks, vooral voor amateurs die gericht zijn op vrouwelijk genot. Vroeger kochten mensen dvd's met generieke scènes op elk. Nu zijn er honderden subreddits gewijd aan specifieke knikken. Wat is er veranderd? Is het gewoon de aanpassing aan het internet? Is het gekoppeld aan een groeiend aantal kijkers en een diverser publiek? Is het omdat er meer leveranciers zijn die een concurrerende niche proberen te vinden? Er moet genoeg materiaal zijn voor een krant. Wat denk je?"

Mijn kaak lag zowat op de grond. Hij was volkomen serieus. Hij was net naar me toe gelopen, knipperde niet met zijn ogen voor mijn onbeschoftheid, begon intellectueel over porno te praten en leek legitiem geïnteresseerd in wat ik te zeggen had. 'Kerel heeft ballen. Dat moet je respecteren.'

'Het klinkt alsof je hier lang over hebt nagedacht,' stamelde ik.

"Ik heb," bevestigde hij. "Ik ben geïnteresseerd in wat mensen beweegt. En, puberende tiener die ik ben, het lijkt erop dat weinig mensen zo diep raakt als seks."

'Hij is een langdradig.' Het klaslokaal was leeggeruimd en de volgende klas kwam eraan. Haastig pakte ik mijn boeken in mijn tas. "Nou, misschien is het niet hetzelfde, maar ik wed dat er meer tweehandige mensen zullen zijn vanwege porno."

"Echt waar? Waarom is dat?"

"Nou, je hebt een hand nodig om met de muis te werken en een om je mee af te trekken." Ik probeerde zijn intellectuele toon te evenaren, maar het lukte me niet helemaal en lachte aan het eind. Het verbaasde me, ik was niet van plan dat te zeggen. Ik was van plan iets te mompelen over dat ik naar de les moest en weg moest rennen. En nog een verrassing, hij was niet raar en lachte met me mee.

"Misschien heb je gelijk! Misschien kunnen we dat in de conclusie 'vooruit kijken' plaatsen. Luister, ik moet naar trig, maar ik stuur je vanavond een bericht." En net zo plotseling als hij was gekomen, was hij weer weg.

Zo kregen Richard en ik een band—door porno. Zoals ik al zei, geen normale platonische vriendschap. Allemaal in naam van onderwijskundig onderzoek voor ons project natuurlijk.

Oké, misschien zijn we ermee doorgegaan na het einde van dat project, waar we overigens 100 aan hadden. Hij stuurde me een link naar iets hots en ik probeerde iets hots te vinden, heen en weer om de ander urenlang te overtroeven. Het duurde niet lang voordat we echt begrepen wat elkaar dreef.

Richard was dominant. Hij kwam er vanaf om 'zijn' vrouwen onder controle te houden en ze hem te laten gehoorzamen. Ik weet dit omdat hij het me in het begin vertelde. Ik vroeg waar hij mee bezig was en hij vertelde me letterlijk: "Ik ben een dominante. Ik raak opgewonden als ik de controle heb en bij iemand ben die mijn controle accepteert." Oké, misschien heeft hij het iets anders geformuleerd... maar toch. Hij zei het zo nuchter, alsof het de gewoonste zaak van de wereld was.

In die tijd was ik helemaal niet vrouwelijk kinky. Toch leek Richards smaak me niet vreemd. Ik had het gevoel dat het moest, hij liet me tenslotte behoorlijk sadistische shit zien, maar dat deed het echt niet. Ik kon hem niet veroordelen omdat ik voor het eerst in mijn leven het gevoel had dat iemand me echt accepteerde. Richard omhelsde het deel van mij dat een nerd wilde zijn en wilde dromen over Mistborn . Hij moedigde het deel van mij aan dat hypercompetitief wilde zijn en vijanden op het basketbalveld en Summoner's Rift wilde vernietigen. Hij begreep het deel van mij dat soms met rust gelaten wilde worden. Hij stelde me vragen en gaf me het gevoel dat ik naar waarheid kon antwoorden - dat hij oprecht mijn volledige botte eerlijkheid wilde. Hij gaf mijn innerlijke slet een veilige haven om naar buiten te komen en niet te worden beoordeeld of bedreigd te voelen. En, misschien wel het allerbelangrijkste, hij begreep dat alleen omdat ik soms een totale bitch ben, niet betekent dat ik hem echt haat .

Langzaam, bijna onmerkbaar voor mij, begon ik geil te worden door BDSM. Ik merkte dat ik me er meer in verdiepte en probeerde nieuw materiaal te vinden dat hem zou opwinden. Hij gaf me op zijn beurt een vast dieet van knikken. Een dieet dat op maat gemaakt was om mij aan te spreken. Ik identificeer me bijvoorbeeld als biseksueel, maar ik word eigenlijk alleen nat voor een specifiek soort vrouw. Iemand die erg sterk is en indruk op me maakt. Het is nogal moeilijk te omschrijven, maar ik herken het als ik het zie, en hij ook. Ik werd verliefd toen hij me Queensnake liet zien . Zij en al haar modellen zijn verdomde godinnen van fysiek uithoudingsvermogen, mentale discipline en emotionele kracht. Mijn ogen waren enkele centimeters van het scherm verwijderd en ik zag hoe ze slag na slag kreeg en er elke keer in slaagde weer op te staan. Ik denk niet dat ik ooit eerder in mijn leven zo nat was geweest. Ik bewonderde haar enorm en ik wilde zo sterk zijn.

Maar het was nooit echt seksueel tussen ons. We hebben het nooit gehad over masturberen of de modellen willen neuken of klaarkomen of zoiets. We zouden zeggen 'dat is hot' of praten over wat we er leuk of niet leuk aan vonden, maar op een duidelijk niet-sexterende manier. In het begin was het geweldig omdat het de hele zaak voor mij veilig leek. Ik was in staat om een taboe-deel van mij uit te drukken tegen iemand die niet alleen maar in mijn broek probeerde te kruipen.

Maar toen besefte ik dat ik in Richards broek wilde kruipen. Toen was het niet meer zo geweldig. Tegen die tijd waren we afgestudeerd en volgden we verschillende hogescholen, drie staten uit elkaar. Onze relatie is geëvolueerd. We zouden elkaar alleen online of tijdens vakanties thuis zien. Het pornografische deel van onze dynamiek vertraagde dramatisch tot een uiteindelijke stop toen we allebei begonnen te daten. Nou, hij ging uit. Ik wierp mezelf op het heetste lichaam van een bepaald feest.

Desalniettemin was het een enorm vormend onderdeel van mijn leven, en al onze oude geschiedenis van instant messenger-gesprekken werd opgeslagen op mijn externe harde schijf. Jarenlange links, downloads en erotiek flitsten voor mijn ogen terwijl ik het op mijn laptop laadde. In de loop van vele plezierige nachten had ik het allemaal uitgezocht in mappen voor Iconic Chats, Goddesses, Submissive Fantasies, Romantic Gay, Friends to Lovers (een bijzonder schuldig genoegen van mij), en nog tientallen anderen. Soms wil ik iets willekeurigs, soms iets specifieks. Op het werk die dag had ik gênant veel tijd besteed aan dagdromen over één favoriete video.

Mijn vingers doken naar mijn poesje toen ik op play klikte op 'Amateur geeft haar vriendje een pijpbeurt (#14)'. Haar passie en opwinding zorgden voor een heet vuur terwijl ze zijn pik aanbad met haar mond. Haar gezicht was een collage van tegenstrijdige emoties - opwinding, vreugde, focus, plezier en liefde - terwijl haar ogen heen en weer schoten tussen het gezicht van haar minnaar en zijn pik. Het is alsof ze wist dat ze oogcontact moest houden terwijl ze hem pijpt, maar ze kon het niet laten om naar zijn pik te staren. En het was een prachtige haan! Denk en welgevormd, het zag eruit alsof het mijn kut heerlijk zou vullen.

Ik krulde mijn vingers in mezelf, wreef over mijn g-spot terwijl ik mijn clit vingerde en stelde me voor dat ik gevuld zou worden door de lul in haar mond. Mijn hart klopte in de maat met haar dobberende hoofd, elke slag stuurde pulsen van verlangen door me heen, waardoor mijn poesje klopte van lust. Mijn spieren spanden zich en onwillekeurige geluiden ontgingen me. Dat is precies het soort slordige pijpbeurt dat ik Richard wilde geven! Zijn kloppende harde pik in mijn mond voelen... zijn handen op mijn hoofd die mijn ritme leiden... Het plezier om over zijn mooie gezicht te spelen, zijn harde buikspieren te voelen buigen, zijn benen trillen langs mijn zij terwijl ik hem zou zuigen.. Ik kreunde van het plezier dat door me heen stroomde, terwijl ik me voorstelde dat hij mijn stem op zijn mannelijkheid kon voelen. Mijn poesje straalde warmte uit als een vuur, schijnbaar immuun voor alle natte sappen die uit me stroomden.

Iets anders. Nog een filmpje. Als ik deze tot het einde zou volhouden, om haar blik van pure voldoening te zien nadat ze zijn zaad had ingeslikt, zou ik binnen enkele seconden klaarkomen en moest ik me inhouden. Plagen en ontkennen is een van Richards favoriete spellen, en ik ben er lang niet zo goed in als sommige bloggers die ik volg, maar er stond veel op het spel dat me ervan weerhield over de rand te vallen. Tevreden mij is rationeel. Rationeel wordt ik nerveus en bang om risico's te nemen. Rationeel had ik me er jarenlang van weerhouden om te bekennen dat ze zich aangetrokken voelde tot Richard, en ze had vanavond niets te zoeken!

Ik ging zo op in masturbatiehedonisme dat ik de nieuwe sms-waarschuwing een tijdje niet zag.

Richard: Hé, ik ben vanavond bij jou in de buurt. Wil je met mij dineren?

'Hij moet de enige man op aarde zijn die correcte interpunctie in teksten gebruikt,' dacht ik. Onze sms-geschiedenis was een lange reeks perfect nagelezen Engels van hem, contrasterende tekststeno en emoji's van mij. Dit was het! Alles volgens plan! Oké, niet nadenken, laat je hormonen voor je praten.

Erika: ja klinkt goed

Erika : er is iets waar ik het over wilde hebben

het niet zeggen Niets

'Succes!' Ik verwachtte me verteerd te voelen door spijt en het terug te willen nemen, maar dat deed ik niet. Een beetje nerveus, maar wel enthousiast. Mijn clit, verward over waar haar plezier naartoe was verdwenen, klopte van frustratie. Ik glimlachte en aaide haar zachtjes als een puppy. "Maak je geen zorgen, je zult snel genoeg echte actie hebben ... hoop ik." Ik nam aan dat het moeilijk is om je al te ongerust te voelen met zoveel lust die door je aderen raast.

Wat had ik eigenlijk te verliezen? Richard was al zeven lange jaren mijn beste vriend, maar onze relatie was voor de meesten van hen niet wat ik wilde. Ik had me nooit echt vervuld gevoeld met een van mijn partners en ik was bijna moorddadig jaloers geweest op al zijn vriendinnen. Ook rationeel gezien was dit het perfecte moment.

We waren allebei vrijgezel en woonden zo dicht bij elkaar als twee werkende volwassenen redelijkerwijs konden hopen.

Oké, misschien was het al enkele maanden 'de perfecte tijd' terwijl ik met mijn voeten sleepte... maar dat deed er niet toe!

Er was iets gebeurd met zijn laatste vriendin. Ze waren meer dan twee jaar samen, maar hun uiteenvallen was slecht. We spraken nooit over zijn romantische partners, waarschijnlijk omdat ik de eerste paar keer dat ze ter sprake kwamen, bitchy werd. Wat het ook was, het was zo erg dat hij nu zijn natuurlijke kinky dominante kant probeerde te onderdrukken en op zoek was naar vanille-bevrediging in een hele reeks Tinder-afspraken. Hij leek minder op zichzelf... minder zelfverzekerd en altijd een beetje moe.

Meer dan alleen mijn eigen onbeantwoorde aantrekkingskracht, ik wilde hem helpen. Ik wilde degene zijn die hem volledig omhelsde en hem zijn echte zelf liet zijn, zoals hij voor mij had gedaan. Na vele pogingen om hem uit zichzelf te trekken, realiseerde ik me eindelijk dat de enige manier om dat te doen was hem een nieuwe onderdanige te geven. En dat zou ik zijn.

Oké, prima, ik was er meer dan een beetje nerveus over. Richard was van nature erg dominant, maar ik was geen geboren onderdanige. Ik wilde er een voor hem zijn, maar ik wist niet hoe goed ik kon presteren. 'Het komt wel goed,' hield ik mezelf voor de honderdste keer voor, 'eerst hem aan boord krijgen en dan pas zorgen maken over de kinky dingen.'

Richard: Nou, je hebt mijn aandacht. Ik kom over een uur bij je huis langs. Heb je zin in Italiaan?

'Een uur!?!' Het was niet alsof ik ooit eeuwen voor de spiegel heb doorgebracht, maar ik had echt een douche nodig. Heet water stroomt door mijn haar, over mijn tepels en tussen mijn benen...

mmm... Iets zei me dat ik wat tijd nodig zou hebben om goed schoon te worden.

DEEL 2

Hij kwam aan in een pak, compleet met stropdas, perfect gekreukte broek en manchetknopen. Dat allemaal om een finale te halen. Typisch. Het is mij onduidelijk of hij zelfs maar een spijkerbroek bezat. Een zomeravond van 85 graden en hij is gekleed om indruk te maken en ziet er nog steeds razend schoon, koel en ontspannen uit. Zweet was blijkbaar iets dat andere mensen overkwam. Ik, aan de andere kant, was gegaan met een casual spijkerbroek en een tanktop. Een mooie laag uitgesneden tanktop die mijn borsten prachtig liet uitkomen. Ik had mezelf een kleine eyeliner gegeven, wat ronduit chique voor mij is, maar we waren nog steeds een behoorlijk niet-overeenkomend paar.

Het was volkomen typisch voor ons. Hij ging bijna bankroet met mode terwijl ik waarschijnlijk mijn benen zou breken als ik zou proberen op hakken te lopen. Hoewel ik hem ermee plaagde, moest ik toegeven dat hij er verdomd goed uitzag. De manier waarop de scherp gesneden kleren zijn lichaam omsloten en zijn atletische gestalte lieten zien...

Er zijn letterlijk duizenden geweldige plekken om te eten in Brooklyn, dicht bij het huis van Richard. New York City, aan de andere kant... niet zo veel. Wonen aan de verkeerde kant van Manhattan heeft veel voordelen. Zoals bijvoorbeeld huur kunnen betalen en je huis kunnen verlaten zonder lastiggevallen te worden. De grootste is het uitzicht. Het uitzicht op het centrum van Manhattan vanuit New York City is het beste uitzicht op de stad op aarde. Ik was hier erg blij mee, aangezien Richard en ik ons vestigden in een Italiaans restaurant aan het water, omdat het zijn aandacht van mij afleidde terwijl ik worstelde om mezelf te beheersen.

'Gewoon ademen,' zei ik tegen mezelf, 'het is Richard, je praat elke dag met hem online.' Maar hij had nog niet eens naar mijn decolleté gekeken. Ik had niet eens naar mijn kont gekeken toen ik mijn veters vastmaakte. Het vervulde me niet met vertrouwen.

"Het is geweldig," zei hij terwijl hij over het water uitkeek in de richting van Battery Park en Wall Street, "het trekt mijn aandacht, hoe vaak ik het ook zie."

"Ja."

Een aangenaam briesje blies van het water over ons heen en verdreef de ergste zomerhitte. Het golfde op een zeer opvallende manier door Richards haar. Warmte steeg door mijn lichaam die niets met de temperatuur te maken had. Hij was gewoon zo verdomd sexy in een pak... Aan de overkant van onze tafel verdrongen toeristen zich op het pad langs de rivier. Een groepje met een selfiestick zat iedereen in de weg en sommige motorrijders probeerden tevergeefs sneller te gaan dan kruipen. We lachten allebei toen een onoplettend kind een krakeling verloor aan een zeemeeuw.

'Je weet dat ik doodga van spanning hier.'

Ik schrok en besefte dat zijn aandacht naar mij was verschoven. Tijd om het hem te vertellen. Maar plotseling verdween de waas van opwinding waarmee ik mezelf had proberen te beschermen. Vlinders fladderden door mijn buik en ik voelde mezelf blozen. 'Het is Richard! Je vertelt hem al het andere! Als hij iemand anders in de wereld was, zou je al met hem flirten. In hemelsnaam! Je bent een volwassen reetvrouw, pak je spullen bij elkaar.'

"Wat?" was alles wat ik eruit wist te krijgen. ' Verdomme !'

"Hmm... eens kijken of ik het kan raden. Je hebt het ARA-project niet afgemaakt op je werk, dat zou je meteen hebben gevierd zonder er cryptisch over te doen. Hetzelfde geldt voor Tyler die eindelijk wordt ontslagen. Je hebt geen verhogen of je zou de duurste wijn van de kaart hebben gekocht. Dat ene stukje op het einde maakt me echt nieuwsgierig . 'Laat je niet zeggen dat het niets is.' Wat zou je daarmee kunnen bedoelen?"

zoiets verwacht en ik had uren besteed aan het uitzoeken hoe ik ermee om zou gaan. Ik had een aantal varianten geprobeerd om tactvol op het onderwerp in te gaan. Ik haatte ze allemaal. Subtiliteit is niet echt mijn ding. Ik zuchtte, klemde mijn tanden op elkaar en barstte uit:

"Ik wil je vriendin zijn." Ik zie niet vaak verbazing op Richards gezicht. Het voelde fijn om onze typische rollen zo te verwisselen. Laat hem voor een keer de uit balans zijn. Ik had het gezegd! Ik had het eindelijk gezegd! 'God, dat wil ik al jaren zeggen! Maar je ging altijd met iemand uit of ik was te laf of ik hoopte dat je in je eentje iets tegen me zou ondernemen .' Ik probeerde zijn reactie te peilen, maar dat lukte niet. Zijn serieuze pokerface was op en ik werd er ongemakkelijk van. "En... ik denk dat ik het wachten beu ben. En ik weet dat je je ellendig voelt met al die Tinder-afspraken. Je probeert iemand te zijn die je niet bent sinds jij en Chloe uit elkaar zijn gegaan. Ik wil je om je volledige zelf te zijn met mij. Dus ja, daar is het... zeg alsjeblieft iets.'

Was die angst op zijn gezicht? Nee... angst? Een put opende zich in mijn maag en dreigde me erin mee te sleuren. Maar nee, er was meer. Wens? Verlangen? Toonde ik mezelf gewoon emoties die ik wilde zien? 'Zeg alsjeblieft iets!' Ik smeekte inwendig, 'alsjeblieft!'

Eindelijk deed hij het. "Wauw, dat is veel om in je op te nemen." Een deel van de lijkwade ging omhoog en hij glimlachte aarzelend. 'Je kunt je ontspannen. Ik wil je heel graag.'

"Je doet?" 'AHHHHH!'

"Ja, en het spijt me als ik je het gevoel heb gegeven dat je ongewenst bent.

Zijn woorden en uitdrukking kwamen niet overeen. "Je ziet er niet opgewonden uit."

Hij zuchtte. 'Ik denk na over wat je zei dat ik iemand ben die ik niet ben. Ik neem aan dat je gelijk hebt, maar ik zou het graag vanuit jouw perspectief willen horen. Waarom zeg je dat?'

"Je leek neerslachtig. Niet zozeer om mij heen, maar gewoon in het algemeen. Je lijkt niet zo zeker van jezelf en hebt van die kleine vertragingen. Het is alsof je een normale reactie hebt op dingen die je onderdrukt of heroverweging of zoiets. Ik merkte het een beetje na je breuk en het voelde alsof je niet beter wordt. " Toegeven aan het volgende deel was moeilijk, maar het moest gezegd worden: "kijk, ik weet dat ik een totaal jaloerse teef ben geweest over al je vriendinnen en het spijt me dat ik nooit naar jou en Chloe heb gevraagd, maar ik weet dat ze jouw eerste echt serieuze D/s-relatie op lange termijn . Het liep slecht af met haar en je hebt geprobeerd het dominante deel van jezelf uit te schakelen. Maar dat lukt niet. Het is gewoon wie je bent, en een deel van jou dat maakt je gelukkig."

'En je zegt dat je geen gevoel voor mensen hebt...' mompelde hij tegen zichzelf. Toen, luider: "Dus je wilt met me uitgaan om me weer bij elkaar te brengen?"

Ik bekeek hem nadrukkelijk van top tot teen, liet mijn ogen over zijn lippen glijden, zijn fitte figuur en recht in zijn kruis. "Nou... dat is niet alleen die reden." Ik had nog nooit geprobeerd met hem te flirten en het voelde goed. Ik wilde het gesprek weghalen van sombere gebieden en meer focussen op ons samen, maar het werkte niet.

"Stel dat er een goede reden is waarom ik probeer de machtsuitwisseling achter me te laten? Wat als ik Chloe ernstig pijn heb gedaan en ik besluit dat opgewonden raken door de pijn van mijn minnaar een beetje klote is?"

'Oh god, hoeveel pijn doet hij van binnen?' Ik voelde me vreselijk toen ik besefte dat mijn jaloezie me ervan weerhield me te steunen. Ik wilde hem omhelzen, maar ik wist dat dat niet de manier was om bij hem te komen. Hij reageerde het beste op rationaliteit. 'Je suggereert dat je beledigend was en ik betwijfel ten zeerste of dat waar is. Je bent een van de meest empathische mensen die ik ken. Heb ik het mis?'

een aantal keren geschonden . Nou, eerlijk gezegd denk ik dat we allebei elkaars vertrouwen hebben geschonden. Maar toch...'

'Richard,' onderbrak ik hem, 'we zijn vijfentwintig. We zijn jong! We doen soms dingen waar we spijt van hebben.' Ik pakte zijn hand van de andere kant van de tafel en kneep erin om het te benadrukken. "Je kunt jezelf niet eeuwig blijven straffen. Je verdient het om gelukkig te zijn." Zijn hand was stevig en krachtig in de mijne. Ik vond het leuker om hem vast te houden dan ik had verwacht.

We staarden allebei naar onze samengevoegde handen. Hij leek het ook leuk te vinden. Maar toch was hij niet overtuigd. Ik had het gevoel dat ik dichtbij kwam...

Ik drukte hem wat harder aan: "Kijk, je bent nu niet gelukkig. Ontken het niet, we weten allebei dat het waar is . Afgezien van de redenen, heb je de vanille-levensstijl meer dan zijn eerlijke kans gegeven, en het experiment is mislukt. Misschien het is tijd om te proberen weer op de metaforische fiets te stappen? Ouder en wijzer, weet je ?" Ik hield mijn adem in terwijl hij erover nadacht. Seconden tikten voorbij, maar ik wist niet wat ik nog meer moest zeggen.

Langzaam glimlachte hij. Iets aan hem veranderde, bijna onmerkbaar. Hij leek iets groter in mijn zicht en iets minder gespannen. Ik kon zien dat het nog niet voorbij was. Ik zou nog veel werk hebben om zijn littekens te genezen, maar hij leek bereid me een kans te geven.

"Je hebt gelijk, ik ben niet gelukkig geweest. Ik moet bekennen, ik heb het gemist." Hij keek me aan met een wolfachtige blik, hongerig van verlangen: "Misschien is het egoïstisch van me, maar ik heb het gevoel dat ik wilde dat je me ertoe overhaalde. Misschien vooral omdat jij het bent..." De onmiskenbare lust in zijn ogen bracht me absoluut in vervoering. Vooral omdat ik het ben? Was het mogelijk dat hij ook over mij had gefantaseerd? Mijn ademhaling versnelde en mijn eigen verlangen laaide weer op. Het begon echt te voelen. Ik ging hem halen! Ik pakte zijn hand harder vast, bezitterig. 'De mijne!'

'Maar toch,' ging Richard verder, 'ik wil er zeker van zijn dat je begrijpt waar je aan begint. Er is een groot verschil tussen mijn vriendin zijn en mijn onderdanige zijn.'

"Dat is prima, ik wil..." Hij legde me met zijn ogen het zwijgen op. Tot op de dag van vandaag heb ik geen idee hoe hij dat doet. Er verandert fysiek niets aan hen, maar op de een of andere manier werkt het elke keer. Het was de eerste keer dat ik echt voelde dat zijn dominantie op mij gericht was. Ik had het eerder gevoeld, het constant in verschillende tinten tentoongesteld gezien, maar hij had me er nooit echt mee geraakt. Het had direct effect. Woorden stierven in mijn mond en ik rilde. Ik drukte mijn benen tegen elkaar en voelde de warmte in mij intenser worden.

"Dit is belangrijk. Als je echt wilt dat ik mijn volledige en ongebreidelde zelf ben, dan hebben we het niet alleen over wat kinky seks een paar keer per week. We hebben het over dat je jezelf aan mij overgeeft. Fysiek, mentaal en emotioneel zal ik ernaar streven om alles te bezitten wat jou maakt , Erika. Het zou heel anders zijn dan de vriendschap die we ons hele volwassen leven hebben gehad. Weet je zeker dat je dat wilt?'

Ik ontmoette zijn serieuze toon onverschrokken. "Ja. Ik wil het proberen. Er zal een leercurve zijn, maar ik wil dit."

"Ik weet dat je dat doet. Je hebt een vaste instelling en je bent vastbesloten om het door te zetten. Die koppige inslag van je zal best leuk zijn om mee te spelen." Hij bekeek me, veel openlijker seksueel dan ooit in onze hele relatie. Hij toonde me opzettelijk zijn aandacht op mijn borsten, mijn lippen, mijn nek. Ik kneep mijn benen harder tegen elkaar, genietend van zijn aandacht. Terwijl hij openlijk naar mijn decolleté staarde, verhardden mijn tepels, alsof ze ook zijn erkenning wilden.

'Desalniettemin,' vervolgde Richard, 'voel ik me pas goed als ik mijn best doe om je zoveel mogelijk begrip te geven voordat we dingen tussen ons veranderen. kant." Hij dacht even na, pakte toen zijn telefoon en scrolde door zijn contacten. 'Er is een vriendin van me die redelijk dichtbij woont en die ik graag zou willen uitnodigen om bij ons te komen zitten. Ze kan je alles vertellen wat ze zou willen dat iemand haar had verteld voordat ze zich overgaf aan onderwerping.'

Ik dacht aan terugduwen. Ik wist al verdomd zeker wat ik wilde. Ik wilde alleen maar snel door het avondeten heen, naar huis rennen en hem dat pak uittrekken. Maar hij probeerde te doen wat hij dacht dat goed was en hij zou zich beter voelen als hij wist dat hij het had gedaan. Ik heb me er dus maar bij neergelegd dat ik nog even moet wachten. "Als het echt belangrijk voor je is, oké."

'Zie het als geïnformeerde toestemming. Bovendien zul je haar aardig vinden. Ze is heel erg jouw type.' Hij zweeg even en dacht na, voordat hij verder ging, "en er is wat achtergrondinformatie die je waarschijnlijk eerst moet weten."

'Een beetje' dekte de lading niet helemaal. Blijkt dat er een hoop was die Richard me nooit had verteld terwijl hij me beschermde tegen afgunst van mijn vriendin. Hij en Chloe hadden een aantal gelijkgestemde koppels ontmoet op Fetlife en ze kwamen om de paar weken bij elkaar. Hij was schraal over de details, maar het klonk alsof hun ontmoetingen erg seksueel waren op een niet geheel monogame manier. Er speelde een weemoedige blik over zijn gelaatstrekken terwijl hij de open dynamiek tussen hen beschreef, hoe ze elkaar in staat stelden en ondersteunden en hoe leuk het was om openlijk kinky te zijn in de buurt van mensen die het begrepen. Blijkbaar was hij afstandelijk met hen geworden sinds de breuk. Deze vriendin van hem, Cathy, maakte deel uit van die groep met haar minnares, en ze woonde op korte loopafstand. Kleine wereld.

DEEL 3

37

Cathy verscheen aan onze tafel net toen we de cheque betaalden. Ik zeg 'verschenen' omdat het echt leek alsof ze uit het niets tevoorschijn kwam. Het ene moment was Richard aan het rekenen met fooien, en het volgende moment was er een kleine, bleke vrouw die hem omhelsde. Ik begreep dat ze elkaar al een tijdje niet hadden gezien uit haar beschuldigingen dat Richard slecht was in contact houden en een lul was omdat hij midden in de nacht een reünie met haar had georganiseerd.

Zoals Richard had gezegd, vond ik haar uiterlijk mooi. Ze was klein, een hoofd kleiner dan ik, maar atletisch gebouwd met stoere handen en wandelbenen. Ze droeg een t-shirt met de print van een plaatselijke bar en een spijkerbroek die op de knieën was gescheurd om een korte broek te worden. Haar borsten zagen er prachtig uit, stevig en vol genoeg om leuk te zijn, maar compact genoeg om er tijdens het hardlopen geen last van te hebben. Kort geknipt rood haar omlijstte haar gezicht, schuin opzij om de oogkas- en helixpiercings in één oor te laten uitkomen. Ze was gefocust op het bekijken van mij terwijl ik haar in huis nam. Onze ogen ontmoetten elkaar en de vonk van aantrekkingskracht tussen ons zou mijn gaydar doen rinkelen, zelfs als Richard haar minnares niet had genoemd. Mijn type inderdaad. Ik ging rechtop zitten en deed alsof ik mijn borst uitstak.

Ze vond het leuk wat ze zag. "Wie is je schattige vriend?" Zij vroeg. Toen ze mijn naam hoorde, hijgde Cathy: "Jij bent degene over wie hij het altijd heeft! Het is geweldig om je eindelijk te ontmoeten, ik ben echt blij dat deze idioot eindelijk over zichzelf heen is gekomen en je naar onze wereld heeft gebracht."

'Heeft hij het altijd over mij?' Ik heb dat opgeborgen voor later.

'In feite,' merkte ik op, 'heeft hij niets gedaan. Ik heb hem mee uit gevraagd en hij sleept er nog steeds over.'

Cathy keek Richard ongelovig aan. "JIJ bent mee uitgevraagd door een meisje?"

Hij lachte, "Is het echt zo moeilijk te geloven dat iemand mij aantrekkelijk zou vinden?"

"Het is moeilijk te geloven dat je iemand anders nodig hebt om het initiatief te nemen."

Ik lachte mee met Richard, blij dat iemand anders mijn worsteling waardeerde. "Ga ook niet tegen mij tekeer!" hij stak gekscherend zijn handen in de lucht. 'Hoe dan ook, voordat we er te diep op ingaan, moeten we ze waarschijnlijk hun tafel teruggeven. Hebben jullie allebei zin in ijs? Er is een goede plek in de buurt.'

We eindigden met het kauwen van koude, romige heerlijkheid in een park in de buurt van mijn huis. We hadden Cathy meer op de hoogte gebracht en ik merkte dat ik haar leuk vond. De manier waarop ze sprankelende warmte met oneerbiedige directheid kruiste, maakte haar heel gemakkelijk om contact mee te maken. Ze had wel veel te vertellen over 'onze wereld' zoals ze het uitdrukte.

Sommige van haar observaties waren kleinere grappige anekdotes. Zoals bijvoorbeeld hoe ze merkte dat ze manchetten en korte broeken in haar analogieën vermengde en zichzelf aan het werk moest zien. Of dat de meest voorkomende reden waarom ze een bondagescène moest stoppen, was om naar het toilet te gaan.

Anderen waren groter en abstracter. Alles in Cathy's leven voelde supercharged. De hoogtepunten waren hoger, de dieptepunten lager en ze voelde zich zelden neutraal. Haar minnares hield van orgasmebeheersing, dus Cathy was voortdurend geil. Alles wat ze deed voelde op de een of andere manier seksueel aan, van het aankleden in de ochtend tot het bestellen van Starbucks tot het ontmoeten van een vreemde en ze in een reflex bekijken. Soms kan zoiets eenvoudigs als diep ademhalen op een heldere, zonnige dag haar een ongelooflijk LEVEND gevoel geven, in hoofdletters . Verre van me af te schrikken, of wat Richard ook had verwacht, maakte het me meer geïnteresseerd. Mijn eigen experimenten op die afdeling gaven me een idee van wat ze probeerde te zeggen, en ik vond het een goed idee om wat pit aan mijn dagelijks leven toe te voegen. Ze gaf het allemaal de schuld van Richard, die ze 'The Wizard' noemde, omdat hij haar minnares had laten kennismaken met plagen en ontkennen.

De blik op zijn gezicht deed me vragen: "Waarom ben jij 'The Wizard'?"

Hij negeerde me en keek Cathy boos aan: 'Ik hoopte dat je die verdomde bijnaam vergeten was. Waarom vertel je haar niet over die van jou, Firefly?' Om de een of andere reden, ondanks alle persoonlijke seksuele dingen die ze al ongegeneerd had gedeeld, deed dit Cathy's wangen blozen.

"Ze is makkelijk, haar haar is echt vurig," merkte ik op.

"Ja, Firefly omdat ik roodharig ben," zei Cathy snel, "Toch terug naar Wiz..."

"Cathy." Richard sneed soepel door haar woorden als een mes. Niet harder of zachter, maar met een onmiskenbare autoriteit die me deed rillen en Cathy deed springen alsof ze op haar werk op haar telefoon was betrapt.

"Prima!" Ze bekende: "Ik heb mijn bijnaam in onze kleine groep omdat, wanneer Meesteres Sam me slaat, mijn bleekwitte kont gloeit als een vuurvliegje." We lachten allemaal. Het zette me toch aan het denken. Genoeg mensen hadden dit fenomeen gezien om op de bijnaam te zijn?

"Hoeveel mensen hebben gezien dat je geslagen werd?"

"Iedereen in de meetup-groep en een paar andere vrienden van ons." Ze bloosde dieper, waardoor ze op een heel schattige manier oplichtte. "Dat is lang niet de zwaarste shit die een menigte is overkomen."

'Wat is de zwaarste shit die in deze groep is gebeurd?' vroeg ik me af, maar besloot die vraag voor een andere keer vast te houden. Richard was afgeweken en ik kon hem niet zomaar laten wegkomen door de aandacht weer van zichzelf af te leiden.

'Terug naar jou. Waarom ben jij de tovenaar?'

'Het is omdat hij kan toveren...' begon Cathy

'Ik kan niet toveren,' zei Richard met rollende ogen.

'—Ook al ontkent hij het,' drukte ze zijn onderbreking door. 'Gelukkig hoef je mij of het zijne niet op mijn woord te geloven! Je kunt naar wat bewijsmateriaal kijken en voor jezelf beslissen.' Ze haalde haar telefoon tevoorschijn.

"Vertel me niet dat je die video hebt opgeslagen en dat je hem overal mee naartoe neemt." Richard kreunde.

" Natuurlijk heb ik dat! Heb je enig idee hoe geil het voor ons subs is?" Ze gaf me haar telefoon, "heb je een koptelefoon bij je? Hier, gebruik de mijne. Maar serieus, Richard, het is een goede zaak voor haar om te zien of je een idee wilt geven van hoe intens machtsuitwisseling kan zijn."

Hij zuchtte maar knikte, "Oké, maar houd er rekening mee dat dit het uiterste einde is. Het zou als waarschuwing moeten dienen."

Ik keek tussen hen door en probeerde te bepalen hoe serieus ze waren. 'Dat is een hele hoop opbouw. Neem me niet kwalijk als ik sceptisch ben dat iets het kan waarmaken.' Richard glimlachte veelbetekenend, alsof hij me eraan wilde herinneren dat hij jarenlang porno met me had uitgewisseld en dat hij verdomd goed wist wat aan mijn verwachtingen zou voldoen.

Koptelefoon in, ik druk op play.

Onmiddellijk werd ik aangevallen door grafische seks. De camera stelde scherp op een mooie vrouw die op haar rug op een verhoogde tafel lag met haar ogen dicht, haar armen naast haar en haar benen gespreid. Het concentreerde zich met name op haar poesje, dat heel duidelijk erg heet was. Stroompjes nattigheid trokken van haar onderlichaam tot aan haar kont en haar bekkenspieren verkrampten. Een schimmige gestalte, gehurkt bij haar hoofd, leek in haar oren te fluisteren. Af en toe streelde hij haar. Haar gezicht, haar nek, haar haar, zijn aanrakingen waren zacht en leken warmte en genegenheid... en liefde uit te stralen.

Ik verschoof ongemakkelijk. Het was duidelijk Chloe op tafel en Richard boven haar. 'Wees niet jaloers, hij is nu van jou, straks zullen die vingers je strelen.'

Hij ging nooit onder haar sleutelbeenderen, maar haar lichaam reageerde alsof hij een vibrator tegen haar clit had gedrukt. Haar buikspieren spanden zich, haar borsten gingen op en neer en al haar spieren trilden. Ze stuiptrekte maar bewoog niet, alsof ze een mimespeler was die deed alsof ze vastgebonden was met onzichtbare touwen. Haar armen drukten zich recht naar beneden terwijl haar dijen zichzelf vochten om tegelijkertijd wijder te openen, samen te klemmen en tegelijkertijd volkomen stil te blijven. Minuut na minuut werd haar worsteling meer uitgesproken. Haar schaamlippen stroomden onder het bloed en haar klit werd duidelijk zichtbaar tussen hen in. Ze kreunde vrijuit, als een pornoster die de rol speelt van een pikhongerige hoer. Richard ging naast haar staan, als een droomprins die zich over Sneeuwwitje boog, maar oneindig veel meer X-rated. Hij fluisterde nog steeds tegen haar en kroop langzaam naar haar mond. Chloë's heupen staken de lucht in en werden hectischer naarmate Richard dichter bij zijn doel kwam.

Toen kuste Richard haar, en Chloe's poesje explodeerde in een orgasme. Haar clit zag eruit alsof hij zou barsten en haar vagina had niet harder kunnen samentrekken als ze een lul in zich had begraven om zich aan vast te grijpen. Ik voelde mijn mond openvallen. Niets dan lucht had enig erogeen deel van haar aangeraakt. Mijn eigen lichaam reageerde op de rauwe woede van Chloe's orgasme terwijl ze bleef klaarkomen en klaarkomen . Richards lippen drukten nog steeds op de hare, zijn tong duidelijk in haar mond, haar orgasme duurde anderhalve minuut.

Het scherm werd zwart.

"Hoe heb je dat verdomme gedaan?" vroeg ik aan Richard. Hij en Cathy lachten allebei.

'Je had je ogen groter moeten zien worden,' plaagde Cathy me, 'zoals ik al zei, hij is een verdomde tovenaar.'

Richard haalde zijn schouders op, maar keek duidelijk zelfvoldaan. "Simpel. Ik zei dat ze moest klaarkomen en ze gehoorzaamde."

"Hoe moet dat een waarschuwing zijn?" Ik heb gevraagd. "Geen enkele vrouw op aarde kan dat zien en niet willen proeven. Doe mij dat alsjeblieft ook." Ik wees naar het scherm: "Ik zal hebben wat zij heeft."

"Oké, grapje terzijde, er is veel conditionering die hypnose mogelijk maakt." Cathy mompelde 'Wizard' achter Richards rug om toen hij 'hypnose' zei. "Het is geen mind control, het vereiste dat ze me oprecht in haar gedachten wilde laten en me wilde gehoorzamen. Hoe dan ook, doe eens een stap terug. Kun je jezelf een handsfree orgasme geven? Een van jullie? Natuurlijk niet, dat is waarom de video zo fascinerend voor je is. Chloe ook niet.'

'Maar', gebaarde ik naar de telefoon, 'ik zag het haar net doen.'

"Ja en nee. Ja, ze had een orgasme zonder fysieke stimulatie. Maar nee, ze kon het zichzelf niet geven. Ze kon zichzelf niet over de rand denken, ze had me nodig om haar er doorheen te praten. Ze kwam omdat Dat heb ik haar gezegd. Dat, Erika, is jouw waarschuwing.' Zijn glimlach verdween en zijn blik boorde zich in mij, alsof hij zijn boodschap met het gewicht ervan probeerde binnen te dringen. "Op een heel reële manier zei ik haar iets te doen dat onmogelijk was voor haar alleen, maar ze gehoorzaamde me toch. Zoveel macht kan een dominante uitoefenen over een onderdanige. Dat is hoeveel controle ik over jou zou kunnen hebben Als je je daar geen zorgen over maakt, tenminste een beetje, dan zou dat wel moeten.'

Cathy knikte, ook serieus, "Het is waar. Voor mij geldt hetzelfde. Na een tijdje raak je zo gewend aan onderwerping en gehoorzaamheid dat ongehoorzaamheid visceraal verkeerd aanvoelt. Zelfs alleen al het idee ervan. Ik ben ook supergevoelig op alles van mijn meesteres. Ik denk dat dat geldt voor alle onderdanigen. Als je Dom boos op je is, of zelfs maar een beetje teleurgesteld, ruïneert het je. Kan niet eten, kan niet slapen, kan nergens aan denken anders. Je zult heel veel doen om dat gevoel te vermijden.'

Dat werkte zich een weg door mijn hoofd. Ik was al behoorlijk verdomd gevoelig voor Richard. Verdorie, ik was net een week bezig geweest mezelf in te perken om te proberen mijn angst om door hem afgewezen te worden te overstemmen. Zou ik die angst nog scherper voelen? Zou het worden uitgebreid met enige vorm van negativiteit van hem? Het baarde me zorgen. Ik heb nooit zo emotioneel behoeftig willen zijn, maar was ik niet al op weg daarnaartoe?

Maar dat gaf ons als paar niet genoeg krediet, toch? Richard gaf om me. Hij had altijd om me gegeven als zijn beste vriend en nu wist ik dat hij nog meer om me zou geven als mijn geliefde. Ik voelde het diep in mezelf. Hij gaf er oprecht om ervoor te zorgen dat ik me op mijn gemak voelde en me veilig voelde.

'Ik vertrouw je,' probeerde ik zoveel mogelijk gevoel in de woorden te leggen, om hem gerust te stellen dat ik het echt meende. Ik heb altijd slecht mijn emoties kunnen overbrengen, maar zijn terugkerende glimlach liet me weten dat hij het begreep. Ik keek hem aan en probeerde zoveel mogelijk emotie over te brengen, maar ik voelde mezelf verdwalen in de prachtige patronen van blauw, groenblauw en geel rond zijn zwarte pupillen. Hij daarentegen leek langs mijn buitenkant diep in mij te kijken. Ik wilde mezelf aan hem laten zien, zodat hij mij zou zien. 'Ik vertrouw je, ik wil je.' Ik probeerde mijn gedachten via onze ogen in zijn hoofd over te brengen. 'Ik vertrouw je. Ik wil je. Ik wil alles van je. Ik wil je gelukkig maken. Ik wil kussen-'

De gedachte was nog maar net begonnen of er was opeens geen ruimte meer tussen ons. Zijn armen om me heen, zijn gezicht centimeters van het mijne, hij leek boven me uit te torenen ondanks dat hij even lang was. Ik ademde zijn warmte en nabijheid in en voelde mijn ogen vanzelf sluiten. 'Oh mijn god oh mijn god oh mijn god.' Hoe romantisch cheesy het ook klinkt, toen zijn lippen de mijne raakten, gaven mijn benen het echt bijna op. Mijn hele lichaam leek in één keer te zuchten en ik had nauwelijks tijd om te registreren hoe heet zijn lippen waren voordat zijn tong in mijn mond zat. Voelde hij zich zo warm omdat het ijs me had afgekoeld? Waarom had het bij hem niet gewerkt? Waarom dacht ik op een moment als dit aan ijs? Ik zette mijn gedachten af en drukte mezelf tegen hem aan. Mijn tong worstelde met de zijne en we dansten rond mijn mond. Hoe ik ook mijn best deed, ik leek geen terrein in zijn mond te krijgen. We wisselden af tussen onze tongen verstrengelen en hij de mijne. Hij hield me dicht tegen zich aan om me het gevoel te geven dat ik gewild was, gewild op een manier die ik jarenlang van hem had moeten voelen.

Het was perfect. Achteraf kan ik niet zeggen of het zo voelde omdat de kus echt zo goed was of omdat het onze symbolische primeur was. Op dat moment voelde ik pure opgetogen vreugde. Nou ja, misschien niet echt 'pure' vreugde. Het werd verdund met een beetje lust. Oké, misschien veel lust. Ik hijgde, was nat op sommige plaatsen en keihard op andere toen we eindelijk uit elkaar gingen.

"Je leest mijn gedachten," fluisterde ik tegen hem, "Je bent echt een tovenaar."

'Geen magie, simpele Dreuzelbiologie. Je pupillen waren erg verwijd. Dat betekent dat je opgewonden bent.'

"Wauw, jullie zien er allebei uit alsof jullie dat nodig hadden." Ik was Cathy vergeten!

'Sorry! Het was niet onze bedoeling om je in een derde wiel te veranderen.'

"Het is cool, ik heb al veel zoensessies meegemaakt. Wat hetero's betreft, dat was behoorlijk geil . Ik geef jullie 8 op 10. Punten voor rauwe dorst, maar kan worden verbeterd met meer betasten en minder kleding."

'Minder kleren! Nu is er een idee.' Ik besefte dat ik schaamteloos langs de knopen van zijn overhemd aan Richards borst aan het krabben was. Cathy merkte met een grijns op: " Dat gezegd hebbende, ik denk dat ik nu naar huis ga . Ik zal je online vinden, Erika. Ik weet zeker dat ik jullie allebei snel zie!" Ze had net zo plotseling kunnen verdwijnen als ze was verschenen. Ik weet het niet, ik had het te druk met grijnzen als een idioot naar Richard.

'Laten we naar huis gaan,' zei ik. Zijn knikje zien voelde als pure overwinning.

DEEL 4

47

Mijn kleine appartement voelde heel anders aan. Richard zat in mijn comfortabele bureaustoel terwijl ik in de harde klapstoel zat die doorgaans gereserveerd is voor gasten. Het was gewoon zo gebeurd. Alsof het zijn huis was en ik hier gewoon woonde. Ik wierp een schaapachtige blik om me heen. Mijn werkkleding lag nog op een hoop waar ik ze eerder had gegooid, mijn bed stond onopgemaakt tegen de achterwand, de afwas stond nog in de gootsteen en mijn bureau was een chaos. Richard zag dat de harde schijf nog steeds op mijn laptop was aangesloten en vroeg plagend of ik er de laatste tijd gebruik van had gemaakt. Ik voelde mijn bloed stijgen. Het was misschien wel de meest seksuele prik die hij ooit tegen me had genomen.

Ik vond het leuk, en na alle opbouw was ik het wachten beu. Dus vertelde ik hem alles over wat ik had gedaan voor het avondeten. Ik vertelde hem dat ik een week lang elke dag hetzelfde had gedaan en mezelf tot vanavond had gewerkt. Ik zette de erotische flirt aan die ik altijd al voor hem had willen zijn, waarbij ik zo provocerend mogelijk was en mijn vingers beschreef die in mezelf draaiden terwijl ik me voorstelde wat ik allemaal met hem zou doen en hij met mij zou doen. Hoe ik hem helemaal tot aan zijn ballen zou zuigen totdat hij hard in mijn keel groeide. Hoe ik urenlang zo nat was geweest dat hij zonder enig voorspel meteen tegen me aan gleed. Ik wenste dat hij me hard en snel in me had gestoten, hard genoeg om me te beuken om het bed te laten trillen.

Hij luisterde, beleefd attent als altijd, zo nonchalant alsof we het hadden over waar we konden lunchen. 'En je zegt dat je slecht bent in jezelf uitdrukken,' merkte hij ironisch op. Zijn houding veranderde subtiel van nonchalant ontspannen naar meer gefocust en intens. "Dat is wat je wilt, hè? Om 'in mijn pik te stikken en tot splinters geneukt te worden', zoals je het zo mooi uitdrukt?" Ik slikte en knikte, mijn woorden klonken veel vuiler uit zijn mond. 'Nou, daar komen we snel genoeg op terug. Maar eerst moeten we het hebben over de twee wetten.'

"Slechts twee regels?"

"Oh nee, je hebt heel veel regels om bij te houden. Deze zijn anders, ze heten niet voor niets wetten. Als je het eenmaal doorhebt, zijn regels slechts een deel van het spel. Als je de regels niet gehoorzaamt, je krijgt een sexy straf en het spel gaat door.De wetten daarentegen moeten altijd door ons beiden worden nageleefd.

"De eerste wet is voor veilige woorden. Rood en geel. Zeg op elk moment 'Rood' en alles stopt. Zeg 'Geel' en we vertragen. De veilige woorden zijn er om ons allebei veilig te houden en om ons allebei op ons gemak te voelen. Je kunt ze op elk moment gebruiken, om welke reden dan ook. We zullen praten over hoe je je voelt en hoe we je kunnen helpen je beter te voelen. Het is nooit een schande om een veilig woord te gebruiken.' Zijn focus voegde iets scherps toe aan zijn woorden: "Het toont geen gebrek aan vertrouwen of bereidheid om je te onderwerpen of iets dergelijks. Je mag je nooit onder druk gezet voelen om ze niet te gebruiken. Als iemand je ooit iets anders probeert te vertellen, zeg dan dat ze moeten neuken. zich.

je liegen en ik verwacht dat je altijd eerlijk tegen me bent. Als ik je bijvoorbeeld een pak slaag geef en ik controleer je, dan verwacht ik dat je eerlijk bent. Als je hebt ernstige pijn en je kunt er niet meer tegen, ik verwacht dat je me dat vertelt en niet liegt omdat je denkt dat ik dat wil horen. oké en ik ben niet boos, dat moet je geloven en niet twijfelen.

"Kortom, de twee wetten gaan over open en eerlijke communicatie. Het is belangrijk voor alle paren, maar het is vooral van cruciaal belang voor BDSM. Machtsuitwisseling is meer dan ingewikkeld genoeg zonder dat je met dat soort basisdingen te maken hebt."

"Rood en geel. Gemakkelijk te onthouden. Ik begrijp het. Maar betekent dat niet dat ik gewoon zou kunnen klagen om niet vastgebonden of geslagen te worden?" Dat veranderde zijn glimlach van serieus in wolfachtig.

"Dat is misschien een zorg voor sommige mensen, maar niet voor jou. Je weet niet hoe je iets halverwege moet doen . Het maakt deel uit van wat je zo aantrekkelijk voor mij maakt. Ik maak me geen zorgen dat je minder dan 100 procent geeft, Ik maak me zorgen dat je jezelf voor 130 procent probeert te pushen en geblesseerd raakt."

"Eerlijk genoeg," knikte ik.

Hij ging langzaam rechtop zitten en leek op de een of andere manier meer hoogte te winnen dan hij had moeten doen. Hij leek op een roofdier dat neerkeek op een zeer smakelijke prooi. Ik voelde me er tegelijkertijd kleiner maar begeerd door. "Je hebt je hele leven de controle over jezelf gehad. Hoe je je tijd doorbrengt, hoe je beweegt, wie je achtervolgt, hoe je seks hebt... Je bent een maagd in deze nieuwe wereld, Erika. Een erg geile en gewillige maagd." Zijn wilde grijns werd breder, alsof ik een sappig ruikende steak was, "Dus nu... ben je klaar om wat controle op te geven?"

Ik was nog nooit zo klaar geweest!

Anticlimax, hij duwde me niet tegen de grond om me te neuken. In plaats daarvan droeg hij me op om met mijn rug tegen de muur te gaan staan. Dat, en niets meer. Hij zat, zijn ogen dwaalden over me heen terwijl ik stond te friemelen. Hij leek op iemand in een museum die de tijd nam om het schilderij van een meester te waarderen. Hij concentreerde zich niet op een deel van mij in het bijzonder, hij leek me allemaal tegelijk vast te leggen. Ik stelde me voor dat ik zijn blik als een heel lichte fysieke sensatie over mijn huid voelde spelen.

Het gaf me een erg bloot gevoel, ondanks dat ik nog steeds volledig gekleed was.

"Weet je waarom ik je aantrekkelijk vind?" Hij vroeg. Ik was verrast door de plotselingheid en door de vraag zelf. Tot een paar uur geleden was ik er zeker van geweest dat hij helemaal niet in mij geïnteresseerd was.

"Nee—um—" Ik besefte dat ik hem een eervolle vermelding moest geven, maar ik wist niet wat ik moest gebruiken, dus ik gebruikte standaard "-Meester." Dat leverde hem een lach op.

"Ik geef de voorkeur aan 'meneer', maar ik vind het leuk waar je hoofd naar toe is."

"Oh. Mag ik vragen waarom?"

"Je mag altijd 'waarom' vragen. Meestal zal ik zelfs antwoorden. Meester impliceert een niveau van ... nou ja, meesterschap, waarvan ik niet het gevoel heb dat ik het bezit. Het is eigenlijk een deel van waarom ik die bijnaam 'Wizard' niet leuk vind zo veel. Beiden lijken een gevoel van onfeilbaarheid over te brengen dat ik niet ben.'

"Oh. Oké, meneer. Nee, ik weet het niet."

"Je bent sterk, vastberaden, zeer intelligent," hij stond op en kwam naar me toe, "en je bezit een gevoel van eigenwaarde dat helemaal van jou is. Je zoekt en doet wat je gelukkig maakt, simpelweg omdat het je gelukkig maakt, verwachtingen van anderen zijn verdoemd. Ik bewonder die moed in jou.' Mijn gezicht werd warm van zijn lof en ik zwol op van trots. Het voelde fantastisch om zo door hem herkend te worden!

Toch was ik nieuwsgierig, "maar dat zijn niet echt erg onderdanige trekken, meneer?"

"Integendeel, dat zijn de aantrekkelijkste eigenschappen die een onderdanige kan hebben. Iedereen kan een zwakke domineren. Het kan leuk zijn, maar er is niets bijzonders aan. Een zwakke heeft weinig macht om op te geven aan de dominante." Hij streelde zachtjes mijn wang, zijn vingertoppen veroorzaakten rillingen door mijn hoofd, "Maar als een sterk iemand ervoor kiest om haar macht op te geven aan een dominante... welnu, dat is iets heel anders." Zijn hand kronkelde naar de achterkant van mijn hoofd en greep mijn haar stevig maar niet ongemakkelijk vast. Ik merkte dat ik me niet kon bewegen, me niet kon afwenden als ik dat had gewild. Ik wilde niet, ik leunde achterover in zijn hand en wilde meer voelen.

'Je hebt zoveel kracht in je, Erika,' fluisterde hij, zijn gezicht niet meer dan een centimeter van het mijne verwijderd. "Het voelen is erg bedwelmend voor mij." Hij ademde diep in, als een kenner die een goede wijn ruikt. Zijn lippen verteerden mijn zicht, zo dicht bij het mijne. Ik wilde ze weer voelen , maar zijn greep op het haar net achter mijn hoofd hield me stevig op mijn plaats. Ik probeerde naar voren te leunen, mijn verlangen vocht even tegen zijn greep op mij, voordat ik het opgaf en mezelf weer tegen zijn hand liet rusten. Ik had me nog nooit in mijn leven zo beheerst gevoeld. Zijn ogen brandden in me en mijn adem kwam in korte happen. Ik vroeg me af of mijn pupillen weer verwijdden.

Toen liet Richard me los en deed een stap achteruit. "Trek je topje en beha uit," zei hij. Terloops, alsof hij had gevraagd hoe laat het was.

Iets daaraan deed me weer blozen. Ik had dit gewild. Ik wilde meer voelen en veel verder gaan. Maar op de een of andere manier maakte het zetten van de eerste stap en het ontbloten van mijn borsten me erg nerveus. Pangs van onzekerheid over mijn lichaam kropen in de hoeken van mijn geest. Wat als ik er in zijn ogen te veel uitzag als een tomboy? Mijn handen kwamen niet in actie om automatisch zijn bevel op te volgen. Dat zou te makkelijk zijn geweest. In plaats daarvan rommelden ze achter me met de sluiting als een maagdelijke middelbare scholier die het tweede honk probeert te bereiken. Het kwam uiteindelijk ongedaan en ik gooide de beha opzij. Ironisch genoeg landde het vlak naast mijn bed bovenop mijn weggegooide kleren van uren geleden.

Ik hou van mijn borsten. Ik ben absoluut dol op ze. Ik hou van hoe ze in mijn handen voelen, ik hou van het plezier dat ze me geven, ik hou van het gevoel van vrijheid als ze na een lange dag in een beha uit hun kooi komen. En op dat moment hield ik absoluut van het effect dat ze op Richard hadden. Zijn ogen waren erop gericht en hij knikte een beetje waarderend. Misschien verbeeldde ik het me, maar ik zou zweren dat er een bobbel in zijn broek groeide.

"Verstrengel je vingers achter je hoofd en buig je rug een beetje." Ik gehoorzaamde snel, hief mijn armen op en duwde mijn borst vooruit, mijn tieten zo prominent mogelijk makend. Opnieuw gingen zijn vingertoppen over mijn huid, dit keer over mijn buikspieren. "Hou jezelf stil."

'Ja, meneer,' beloofde ik. Hij gleed over mijn gladde, harde buikspieren, net licht genoeg om kleine sliertjes genot door me heen te laten gaan bij zijn aanraking. De rillingen liepen door me heen naarmate hij hoger ging, centimeter voor centimeter omhoog over mijn buik. Hij plaagde me, ging tergend langzaam en voelde mijn blote huid overal behalve op de plekjes die ik wilde. Mijn tepels werden met elke hartslag harder en meer uitgesproken. Ze schreeuwden om aandacht, om gewreven en geknepen en bevredigd te worden. Tot mijn ontsteltenis sloeg hij ze echter over en concentreerde zich in plaats daarvan op mijn armen en schouders.

"Je hebt uitstekende triceps en schouders," complimenteerde hij bewonderend. Dat maakte bijna al het geplaag goed. Er is een selecte groep dingen waar meisjes complimenten over krijgen van mannen, en die spieren staan niet op de lijst. Hij hield van mijn lichaam zoals het was!

"Dank u, meneer! Dat zijn jaren van basketbal en zweten in de sportschool."

Ten slotte pakte hij in één beweging mijn beide borsten vast. Ze breidden zich uit tot zijn sterke, stevige handen terwijl ik inademde, waardoor ik naar adem snakte van plezier.

"Zijn deze erg gevoelig?" vroeg hij, mijn reactie opmerkend.

"Meestal niet zoveel," Ik had grote moeite mezelf stil te houden en niet tegen hem aan te drukken. Hij kneep zachtjes en genoot er duidelijk net zoveel van om me te strelen als ik. Ik sloot mijn ogen en dronk de sensaties in. Mijn borst ging omhoog van plezier toen ik mezelf aan Richard voorstelde om mee te spelen zoals hij wilde. Het voelde goed.

Mijn tepels explodeerden. Mijn ogen barstten open en ik sloeg dubbel, een vreemd kreunend gilgeluid. Richard had mijn zeer geplaagde toppen tussen zijn vingers en hij rolde ze niet al te zacht.

"Houd je stil," herinnerde hij me eraan. Ik knikte, maar het was erg moeilijk. Plezier golfde door me heen, gekruid met een beetje pijn toen hij kneep. Elke puls van sensatie stuurde een schok naar mijn clit. Ik voelde me zijn speeltje. Alsof mijn lichaam bestond voor zijn amusement en mijn bewustzijn bestond om zijn plezier te vergroten. Hij kneep en kneep en genoot ervan me te zien wisselen tussen plezierige zuchten en geschrokken kreten.

"Plezier of pijn?" hij vroeg.

"Beide," hijgde ik, "het is heel intens." Hij glimlachte breed en liet ze los, terwijl hij mijn borsten kneedde terwijl ik de tepels de tijd gaf om te herstellen. Dit was in ieder geval nog intenser dan voorheen. Krachtige tintelende sensaties concentreerden al mijn aandacht op twee gevoelige punten terwijl het bloed er weer in stroomde.

'Je gezicht is wonderbaarlijk expressief. Heel oprecht. Trek nu de rest van je kleren uit.'

Deze keer gehoorzaamde ik zonder aarzelen. Mijn spijkerbroek en slipje waren zowel over mijn heupen als langs mijn benen voordat ik volledig begreep wat hij had gezegd. Ik was zo nat, zo klaar voor echt plezier, dat ik niet kon wachten om mijn poesje tevoorschijn te halen om te spelen. Ik raakte een kleine wegversperring rond mijn kuiten. Serieus, degene die damesjeans ontwierp, had geen snelle verwijdering in gedachten, vooral niet van atletische benen. Eindelijk, helemaal naakt, stond ik voor Richard.

Ik had verwacht dat hij me nog meer zou plagen, maar in plaats daarvan streelde hij meteen mijn bosje.

"Scheer dit voor onze volgende ontmoeting."

Oké, misschien was dit eigenlijk meer plagend. Hij gaf mijn poesje nauwelijks enige druk of contact, gewoon zacht strelen en aan mijn haar trekken. Het was erg afleidend. 'Ik dacht dat je wat haar op een poesje lekker vond,' zei ik.

"Dat doe ik, en dit is best leuk. Ik ga echter je lichaam leren kennen en hoe het reageert, dus het zal erg handig zijn om je geslacht goed te kunnen zien. Je waardeert ook veel je bosje, dus scheer het voor mij zal een dagelijkse herinnering zijn aan je onderdanigheid."

Ik slikte: "Ja, meneer." 'Hij moet voelen hoe nat ik ben. Kom op, neuk me!' Ik probeerde onopvallend mijn heupen een klein beetje naar voren te duwen, maar hij paste zijn hand aan voordat ik enig contact kon krijgen.

Richard ging weer zitten en wenkte me naar voren. "Knielen." Ik was erg dankbaar dat ik een vloerkleed had neergelegd. Mijn reacties kwamen sneller, met minder aandacht van mijn kant. Het voelde goed om onder zijn controle te komen. Ik hoefde eigenlijk niet veel na te denken, gewoon voelen en genieten. "Knieën spreiden een beetje wijder, kruis je armen achter je rug. Pak je onderarmen zo hoog mogelijk vast." Hij begeleidde me naar de positie die hij wilde, tieten vooruitgestoken en benen wijd gespreid, en zei dat het 'Exposed Pose' heette.

Exposed heeft gelijk. Holy fuck dit is heftig. Richard torende als een standbeeld boven me uit. Ik ben maar tot de derde knoop van zijn riem gekomen. Nog steeds volledig gekleed in zijn frisse, schone pak, keek Richard neer op mijn volledige naaktheid. Het hoogteverschil voelde voor mij duidelijk nieuw en vreemd aan. We zijn altijd op dezelfde hoogte geweest, ik was gewend hem op mijn niveau te zien. Nu had hij net zo goed Zeus kunnen zijn die bovenop Olympus zat. Bovendien was de pose zelf zwaarder dan ik had gedacht. Mijn knieën groeven diep in het kleed en mijn schouders waren ontevreden over hoeveel ze moesten strekken.

Ik probeerde alles wat ik voelde te begrijpen, maar gaf het op. Zeggen dat ik me blootgesteld of kwetsbaar voelde, dekte het gewoon niet. Ik knielde op de grond aan de voeten van mijn beste vriend omdat hij me dat had opgedragen. Maar meer dan dat, ik was hier omdat ik wilde zijn. Ik wilde hem gehoorzamen, en door dat zo openlijk uit te drukken, voelde ik me naakter dan het simpele gebrek aan kleding kon verklaren.

Maar nee. 'Kwetsbaar' impliceert een soort waargenomen dreiging, nietwaar? Dat klopte niet. Ik voelde me volkomen veilig, stevig in controle gehouden. Het was bijna bevrijdend om je zo zorgeloos te voelen. Het voelde gewoon heel... open. Alsof mijn innerlijke zelf samen met mijn lichaam te zien was.

"Je bent mooi," zei hij tegen me, kijk waarderend op me neer. Opeens drong het tot me door dat knielen me veel dichter bij de bobbel in zijn broek bracht. De zeer uitgesproken pikvormige uitstulping net onder zijn riemgesp. Ik likte mijn lippen, hongerig ernaar. Twee vingers onder mijn kin brachten mijn aandacht terug naar zijn gezicht. "Vermaak jezelf."

"Wat?"

"Je hoorde me."

Mijn armen trilden van achter me. "Zoals... Masturberen? Meneer?"

"Inderdaad."

Ja, alles wat ik net eerder zei over je naakt voelen? Vergeet dat allemaal, DIT is waar ik die beschrijvingen voor had moeten bewaren. Mijn vingers gleden gemakkelijker tussen mijn lippen dan een schaatser op een ijsbaan. Die eerste lange, harde gleuf over mijn clit leek mijn systeem te schokken, waardoor ik me niet meer geplaagd voelde, maar helemaal klaar om te neuken! Ik dacht dat ik ter plekke klaar zou komen.

Hij bewoog van mijn kin om mijn wang te strelen, zachtjes spelend met een paar plukjes haar.

"Je hebt mijn toestemming nodig voordat je een orgasme kunt krijgen, mijn lieveling." Ik kreunde van plezier, de natte geluiden van mijn schlicking vulden de kamer. "Je bent nu van mij. Je seksualiteit is van mij om mee te spelen. Ik beslis wanneer je klaarkomt... als je klaarkomt." Het is volkomen oneerlijk hoe te horen krijgen dat ik geen controle heb over mijn eigen orgasmes, me zo opwindt en ervoor zorgt dat ik NU wil klaarkomen! Ik voelde het in me koken, de druk, de behoefte aan bevrijding opbouwen. Het was allemaal te veel, overweldigend, knielend met mijn poesje wijd gespreid, mezelf neukend voor zijn gril.

Hij keek aandachtig toe, lette goed op mijn vingers en merkte op hoe ik mijn clit bevoordeelde en tot penetratie overging toen ik bijna klaarkwam. Toen ik me begon aan te passen aan wat er gebeurde, voegde hij nog een niveau toe.

"Blijf naar mijn ogen kijken, niet naar beneden kijken." Waarom zou ik naar beneden kijken? Zijn uitdrukking die naar me terugkeek was prachtig. Door zijn emotie die daar geschreven was, voelde ik me zo speciaal. Zijn speelse, veelbetekenende glimlach was echter terug. Die verdomde glimlach die altijd betekende dat hij iets wist wat ik niet wist.

Ik hoorde een ritssluiting. 'Oh mijn god, is dat? Deed hij het gewoon?' Zonder te kijken wist ik instinctief dat zijn penis vrij en centimeters van mij verwijderd was. Eén blik naar beneden en ik zou het eindelijk zien. Richard's pik... hoeveel nachten was ik in slaap gevallen terwijl ik droomde dat ik erdoor geneukt zou worden? Hoeveel lessen had ik gedagdroomd door me hem naakt voor te stellen? Nu was het daar! Maar ik kon er niet naar kijken. Het was zo moeilijk om te gehoorzamen, ik bleef onwillekeurig mijn hoofd laten zakken en moest het weer omhoog duwen.

Het werd natuurlijk alleen maar erger toen ik besefte dat hij zichzelf aan het strelen was. De hitte tussen mijn benen ging in een stroomversnelling en ik klemde me op mijn vingers.

"Alsjeblieft," jammerde ik, "het is zo moeilijk, mag ik alsjeblieft kijken?"

'Ik geniet ervan om je te zien worstelen. Het is heel geil om te zien hoe je gehoorzaamheid verkiest boven je eigen behoefte. Je doet het goed.' Hij klonk trots. Trots op mij! Ik wilde sterk voor hem zijn, maar mijn hormonen waren allemaal tegen me. Ik had hem al te lang te graag gewild, het was een marteling om te verdragen. Slechts een paar centimeter verwijderd en ik zou zijn harde gladheid voelen... Ik miste het gevoel van vroeger, de vrijheid die ik had gevoeld zonder te worstelen en beslissingen te nemen.

Dus, in plaats van zijn pik, tastte ik naar zijn andere hand en bracht die naar mijn hoofd. Hij begreep het zonder woorden, pakte mijn haar net achter mijn hoofd weer vast en hield me stevig op zijn plaats. Ik voelde meteen een last van me af vallen. Ik hoefde mezelf niet meer te controleren of me zorgen te maken of ik nog kon gehoorzamen. Ik nestelde me zachtjes in zijn arm, genietend van het gevoel van zijn warme huid tegen mijn wang en de gezaghebbende kracht van zijn greep.

Ik voelde me met hem verbonden. Er leek een band tussen ons te zijn ontstaan, sterker dan de fysieke greep die hij op mij had. Zoals hem mijn kracht en mijn problemen geven en dat hij sterk voor me was, had ons dichter bij elkaar gebracht. Het voelde heel intiem en heel, heel seksueel. Ik bracht meer tijd door met mijn klit dan erop om te voorkomen dat ik omviel. Ik wil klaarkomen. Elke cel in mijn lichaam wilde klaarkomen! Maar ik kon ook voelen hoezeer mijn voortdurende terugtrekking weg van mijn clit, weg van klaarkomen, Richard opwond. Ik zou hem gehoorzamen! Het was moeilijk, maar ik bleef scherp en ontleende mijn voldoening aan zijn versnelde ademhaling en tapijt van gezichtsplezier.

Ik weet niet zeker hoe lang we elkaar intiem aan bleven staren. Tijd leek een beetje amorf, alsof we samen in een bubbel leefden waar niets anders ertoe deed. De ene hartslag na de andere, een cirkel over mijn kloppende en overgevoelige clit en een zacht gekreun tegen zijn arm, cirkelend verder in een lus.

"Hoe voel je je?" hij checkte uiteindelijk in.

'Een beetje overweldigd, meneer. Maar op een goede manier!'

"Goed. Tijd om voorbij het voorspel te gaan." Ik hapte naar adem toen ik voelde hoe hij mijn hoofd naar beneden leidde, "je mag er nu zo uitzien als je wilt. Als je tenminste niet te dichtbij bent." Ik ging regelrecht in zijn schoot!

Het is moeilijk te zeggen of hij mijn mond naar zijn pik leidde of dat hij me ervan weerhield mijn hoofd in zijn kruis te schieten. Het flitste amper voorbij mijn zicht voordat ik het tussen mijn lippen had. Elke centimeter van zijn mannelijkheid die in me overging, leek me duizelig te maken, alsof ik zojuist het beste speelgoed aller tijden had ontdekt. Ik was vastbesloten om er zoveel mogelijk van te voelen, elk kleinste deel van hem met mijn tong te verkennen. Zijn smaak overspoelde me, gecombineerd met zijn geur en zijn pulserende opwinding, allemaal tegelijk op me af komend. Muskusachtige, zachte huid die keihard verlangen bedekt, met een vleugje zout smakend voorvocht. Langzaam ging ik achteruit en veegde mijn tong heen en weer over zijn onderkant. 'Het zou hier moeten zijn, recht onder het hoofd...' Hij kreunde, hard en lang, toen ik de goede plek raakte.

Ik voelde me intens tevreden dat ik dat sexy mannengeluid uit hem kon halen, voorbij zijn dominante zelfbeheersing, maar ik had weinig tijd om mezelf te feliciteren. Zijn stevige greep op mijn haar drukte me weer naar beneden, langzaam dieper en dieper.

"Vertel me wanneer het te veel is."

Ik hou van pijpen. Ik hou van alles aan orale seks, maar deepthroaten is nooit mijn sterkste punt geweest. Er was nog ruim vijf centimeter pik over mijn lippen toen zijn hoofd de achterkant van mijn keel raakte en zijn leidende hand niet meer naar voren drukte. Ik wilde meer, ik probeerde meer te krijgen, maar mijn verdomde keel had er gewoon niets van. Ik kokhalsde hard en werd gedwongen me terug te trekken.

Hij gaf me geen tijd om teleurgesteld te zijn. "Dat voelde fantastisch," straalde hij op me neer, "Deze keer ga je mijn sperma proeven."

Hij bracht me in een vast ritme. Op en neer, zijn hand op mijn hoofd, pauzerend bij elke opwaartse slag om me zijn lieve plek te laten likken voordat hij me weer naar beneden haalt. Het voelde echt als begeleiding en niet als dwang. Alsof ik degene was die hem pijpte in plaats van dat hij een pijpbeurt van mij nam, als dat logisch is. Hij liet me gewoon zien hoe hij het het leukst vond. Desalniettemin gaf de ervaring me een diep onderdanig gevoel. Knielend voor hem alsof hij mijn koning was, hem aanbiddend terwijl ik negeerde hoeveel natter dit mijn toch al kloppende poesje maakte.

Ik was in de hemel. Ik neuriede laag in mijn keel om zijn pik te vibreren, wat me weer een bevredigende kreun van plezier van hem opleverde. Ik zoog hem hard en slordig, terwijl ik mijn tong constant in het rond liet werken terwijl zijn plezier toenam. Gestage stromen van zoutigheid vergezelden snellere kaakvullende kloppen terwijl ik hem zoog. Ik deed mijn best om oogcontact te houden, omhoog kijkend en proberend met mijn gezichtsuitdrukking over te brengen hoeveel ik van zijn pik hield, terwijl ik mijn focus naar binnen hield. Het was echt heel veel werk! Boven - lik snel onder zijn hoofd. Glijd naar beneden—ga met mijn tong over zijn hele schacht. Beneden aan de basis—diep neuriën, glimlachen zonder het zegel los te laten. Schuif een back-up - zuig zo hard als ik kon om druk op zijn hoofd te geven. Keer op keer terwijl hij me op en neer leidde en me zachtjes versnelde naarmate hij dichterbij kwam. Ik merkte dat ik wenste dat er een soort kaakmachine in de sportschool was. Mijn tong brandde en ik had een tekort aan lucht.

Plezier, meer en meer ongecontroleerd, stroomde vrijelijk over zijn gezicht totdat hij me uiteindelijk stevig vasthield en krachtig stuiptrekkend hield. Stromen hete sperma vulden me, bedekten de achterkant van mijn keel en de binnenkant van mijn wangen terwijl ik verwoed probeerde te slikken en hem tegelijkertijd bleef likken. Het leek een oneindige stroom, spurt na spurt schoot uit hem, al snel overweldigend mijn inspanningen om gelijke tred te houden. Ik stond op het punt wat te morsen toen hij eindelijk langzamer ging lopen en met een zwaar gekreun achterover uit me zakte.

Ik genoot van de rest van zijn sperma in mijn mond. Ik hou niet echt van de smaak en textuur van sperma. Laten we eerlijk zijn, wie wel? Maar toen ik het daar voelde, de tevreden grijns op zijn gezicht zag en me herinnerde hoe hij trilde en pulseerde terwijl hij het aan mij had gegeven... het voelde als een trofee. Ik had hem zo geweldig laten voelen! Mijn lichaam had hem zo geil gemaakt dat hij gepijpt had moeten worden, en hij hield zo veel van mijn hoofd dat hij mijn mond had overstroomd met zaad . Het deed me gloeien van trots.

Tegelijkertijd groeide er een kleine schaduw van teleurstelling in mijn achterhoofd, direct gekoppeld aan mijn druipende en treurig lege kut. Als Richard op was, zou ik vanavond niet geneukt worden . Ik probeerde mezelf voor te houden dat het dom en hebzuchtig van me was om me daardoor in de steek gelaten te voelen. Ik moest eerder aan zijn behoeften denken dan aan die van mezelf. Dit was waarvoor ik me had aangemeld. Inderdaad, waar ik hem praktisch om had gesmeekt. Ik wist het, maar toch, na zo'n intiem erotische ervaring met hem te hebben gedeeld, denk ik niet dat ik me ooit in mijn leven zo geil heb gevoeld. Ik wilde klaarkomen, verdomme! Het was verdomd moeilijk om ermee om te gaan dat los te laten.

'Daar ben je best goed in,' was Richard bijgekomen en hij stak een hand naar me uit, 'kom, je knieën moeten doodziek zijn.' Dat waren ze, hoewel ik het tot dan toe niet had opgemerkt. Ik was te veel afgeleid door te veel andere dingen.

Maar voordat ik me goed kon strekken, merkte ik dat ik volledig van de grond was getild, in Richards armen gedrapeerd. "Je hebt me erg blij gemaakt vandaag," fluisterde hij in mijn oor, "je verdient een beloning." Mijn hart sloeg een slag over toen hij me de korte afstand naar mijn bed droeg. Gewichtloos in zijn armen voelde ik me gehypnotiseerd door zijn bodemloze ogen zo dichtbij. Het was echt niet eerlijk, de manier waarop hij een schakelaar kon omdraaien en mijn emoties zo kon overweldigen.

Hij legde me neer met kussens die mijn hoofd comfortabel ondersteunden. Weer boven me speelde hij langzaam met mijn haar tussen zijn vingers. Ondanks dat ik nog steeds naakt was en hij nog steeds volledig gekleed was, voelde ik me niet zo bloot . Het voelde meer... intiem? Comfortabel? Natuurlijk? Ik weet het niet. Ik had moeite om helder na te denken, mijn wereld kromp in kleine puntjes. De plekken op mijn gezicht waar zijn vingers me raakten, het gevoel terwijl hij met mijn pony speelde, de plek in mijn nek waar hij me kuste, de zijde onder mijn handen waar ik over zijn borst wreef, en de altijd aanwezige behoefte in mij dat werd met de minuut urgenter.

Zijn vingers volgden mijn lichaam terwijl hij zich comfortabel tussen mijn benen positioneerde. Ik deed een dubbele take. Tussen mijn benen! Hij was ingesteld alsof hij op het punt stond me op te eten!

Hij lachte en ik voelde zijn adem op mijn bovenbenen, "Verrast?"

"Eh, ja, meneer." Hij wreef over mijn dijen, langzaam spreidde hij mijn benen zo wijd als ze maar konden en stuurde een golf van plezier rechtstreeks naar mijn kern. "Het is niet - * kreun * - wat ik had verwacht."

"Mensen lijken te denken dat cunnilingus niet mannelijk of dominant is. Niets is minder waar. Als je een marionet was, zouden je touwtjes hier zitten. Met een lichte duw—" drukte hij een vinger tussen mijn lippen, trek het omhoog door mijn spleet en direct over mijn clit. Mijn hele lichaam maakte een sprong alsof ik door de bliksem was getroffen en ik slaakte een kreet van verbazing en plezier "- ik kan de meest schattige reacties uit je halen. Er zijn maar weinig posities waar ik meer directe controle over je lichaam kan uitoefenen."

Hij had gelijk. Ik kronkelde en kreunde terwijl hij me bespeelde als een muziekinstrument. Mijn lippen plagen met lange borstels door mijn schaamhaar om me te laten rillen en mijn heupen te duwen. Mijn dijen strelen met zachte kneepjes net onder mijn poesje om me te laten trillen en kloppen. Laat me gillen en mijn rug krommen met een snelle zoenkus direct op mijn clit. Hij werkte die naar binnen met lange, langzame likken helemaal omhoog en door me heen, waarbij hij elke centimeter van mijn gevoelige kut bedekte met zijn tong.

Hij was als een onderzoeker die in kaart bracht hoe ik op prikkels reageerde, testte en experimenteerde met verschillende drukniveaus en combinaties. Het hield me aan het raden en mijn orgasme niveau piekte op en neer als een ECG-machine. Elke gestage druk op mijn clit bracht me binnen enkele seconden naar de rand en zette hem in de rij om zijn geplaag te stoppen. Ik werd er gek van! Ik stond in brand van behoefte, lang voorbij het punt van coherentie. Het voelde zo goed. Alles aan de achtbaan van stimulatie voelde zo verbazingwekkend goed, ik wilde niet dat het stopte. Ik wilde ontploffen. Om mijn hersens door mijn kut over zijn hele gezicht te spuiten. Maar ik wilde ook dat dit voor altijd zo zou blijven. Ik wilde nooit dat het plezier zou eindigen.

Richard keek opgetogen tussen mijn benen en hield me nauwlettend in de gaten voor mijn reacties. Altijd zo warm en attent voor me... zelfs als hij die aandacht gebruikte om me te plagen, voelde ik me speciaal. Gewild. Geliefd.

Opeens voelde ik me gevuld. Heet, stevig vlees van minstens twee vingers dreef omhoog in mijn poesje en verscheurde direct tegen mijn g-spot. Ik ben nog nooit klaargekomen door penetratie, maar ik dacht echt dat ik dat ging doen. Zonder het te beseffen, was ik serieus bezig met de geluidsisolatie van het appartement en scheurde ik de lakens van het bed. Ik stak hard omhoog om zijn vingers te ontmoeten, ik wilde ze zo diep mogelijk in me voelen - ik wilde zoveel mogelijk van hem in mezelf trekken als ik kon. Hij drukte me stevig naar beneden en overweldigde me gemakkelijk met zijn kracht.

Richard keek me aan en liet langzaam, opzettelijk, zijn mond zakken. "Kom zo veel en zo hard als je kunt," vertelde hij me recht tussen mijn benen. Toen werd mijn clit hard in zijn mond gezogen. Hij zoog me diep en likte me hard, elke kleine stoot van zijn tong stuurde een trilling van plezier rechtstreeks naar mijn kern. Ik hield het niet langer dan drie seconden vol. Ik kwam. Moeilijk. Het was alsof er diep in mij een bom ontplofte die bij elke wee keer op keer ontplofte. Golven van pure extase barsten door me heen en vulden elke centimeter van me, van mijn tenen tot mijn hersenen tot diep in mijn geest.

Ik kwam en kwam en kwam, terwijl ik zijn nog steeds stotende vingers zo hard vastklemde dat ik dacht dat ik zijn vingerafdrukken kon voelen. Mijn clit klopte zo hard in zijn mond dat ik dacht dat hij het doorslikte. Hij stopte nooit met hameren en dwong nog een orgasme op de hielen van de eerste. Ik voelde mezelf smelten, mijn geest werd een beetje wazig en mijn zicht vervaagde langs de randen.

Langzaam, met verschillende naschokken en terugvallen, doofde de natuurbrand zichzelf uit. Alles leek een beetje wazig toen ik weer tot mezelf kwam, bijna alsof ik een paar glaasjes sterke drank had gedronken. Ik besefte dat ik Richards hoofd bijna tussen mijn dijen had verpletterd. Ik had niet eens door dat ik ze had gesloten! Het kan ook zijn dat ik mijn borsten een beetje gekneusd heb. Nogmaals, ik had niet eens door dat ik erin had geknepen.

"Wauw... dat was verdomd geweldig."

DEEL 5

Korte tijd later lepelden we samen onder de dekens. Het gestage ritme van zijn ademhaling terwijl hij sliep, was rustgevend, waardoor ik slaperig werd maar nog steeds niet wilde slapen.

We hadden gepraat over alles wat er was gebeurd en hadden bij elkaar aangedrongen op details over hoe de ander zich had gevoeld. Ik was vooral geïnteresseerd om te horen hoe krachtig Richard zich had gevoeld tijdens het regisseren van mijn langzame strip. Blijkbaar was aanraking een krachtige vorm van controle, en doordat ik de vrijheid had om me aan te raken terwijl ik mezelf inhield, werd de Dom/sub-dynamiek reëler. Het was erg interessant om zijn perspectief te horen, maar nog meer was het heerlijk om een bed met hem te delen.

Hij had eindelijk zijn pak uitgetrokken! Zijn blote borst drukte tegen mijn rug en zijn blote benen verstrengelden zich met de mijne. Ik ben altijd al een echte sucker geweest voor knuffels. Huid op huid contact doet krachtige dingen met mijn emoties.

Toen ik me eindelijk verzadigd voelde, had ik het gevoel dat ik meer analytisch moest zijn. Had ik al die dingen echt gedaan? Het voelde zo gemakkelijk om in de rol te glippen, zo natuurlijk om met de stroom mee te gaan. Een stem in mijn achterhoofd herhaalde Cathy's woorden over gehoorzaamheid. Waar zou ik mezelf mee bezig kunnen houden? Misschien had het me toen zorgen moeten baren, maar dat deed het niet. Ik voelde me te goed om me ergens zorgen over te maken.

Ik viel in slaap met Richard's hand stevig tegen mijn borst gedrukt. 'De mijne!'

EINDE